¡A MAX LE GUSTAN LAS MUÑECAS!

ISBN-13: 978-1519748348
ISBN-10: 1519748345

ZETTA ELLIOTT

¡A MAX LE GUSTAN LAS MUÑECAS!

ILUSTRADO POR MAURICIO J. FLORES
TRADUCCIÓN DE ANA M. GONZALEZ

Rosetta Press

LIBROS DE ZETTA ELLIOTT

A Wave Came Through Our Window
A Wish After Midnight
An Angel for Mariqua
Bird
Dayshaun's Gift
Dejen venir a los fieles
Fox & Crow: a Christmas Tale
I Love Snow!
Let the Faithful Come
Max Loves Muñecas!
Room In My Heart
Ship of Souls
The Boy in the Bubble
The Deep
The Girl Who Swallowed the Sun
The Last Bunny in Brooklyn
The Magic Mirror
The Phoenix on Barkley Street

1

Max se paró frente a la pastelería. Detrás de la vidriera había filas de pasteles de azúcar, exquisitas magdalenas, tarta de frutas, pastel de tres leches y bizcochos de soletilla bañados en chocolate. Max apretó sus labios mientras paseaba sus ojos por los deliciosos postres. No tenía hambre. Lo que realmente deseaba Max era dirigirse a la puerta de al lado.

Junto a la pastelería, había una boutique

muy especial. Ahí dentro había sofisticados y vaporosos vestidos que parecían algodones de dulce, así como hermosas muñecas elaboradas a mano. Todos los días en su camino de la escuela, de regreso a casa, las niñas se reunían alrededor del aparador de la boutique para admirar cada cambio de aparador. Max también quería presionar su cara contra el cristal para admirar los vestidos. Pero a los niños no les gustaban los encajes, el raso y el tul, ¿o sí?

Max sabía cómo se burlarían de él si algún día admitiera que le gustaba ver a las muñecas. No es que quisiera *realmente* jugar con ellas... sólo le interesaba saber cómo las fabricaban. Cada muñeca que se exhibía en la vidriera de esta boutique tenía una cara perfectamente pintada. En algunas su piel era color café, y en otras, color crema. Cada muñeca tenía un vestido único adornado con perlas, o piedras de cristal, o encaje enlazado. Algunas de las muñecas llevaban bucles de estambre apilado en su cabeza. Otras vestían capas cuidadosamente bordadas, que al levantarles el cuello ¡revelaban sus orejas perforadas!

"¿Cómo se hace la joyería para muñecas?", se preguntaba Max. Deseaba que hubiera una forma de saberlo.

Max nunca había entrado a la hermosa boutique. Algunas veces se quedaba parado atrás del compacto grupo de niñas alborozadas, desplazándose de un pie a otro.

"Hola, Ava", diría Max casualmente. "¿Qué tenemos de tarea para matemáticas?".

Ava gemiría y pondría sus ojos en blanco,

pero siempre se voltearía, abriría su mochila y sacaría su cuaderno.

"La tarea estaba escrita en el pizarrón, Max", le diría Ava.

Max atinaría a sonreír y pretendería que copia las notas de Ava, mientras aprovecha para ver más de cerca la vidriera de la boutique.

Algunas veces, las otras niñas notaban que Max estaba viendo los vestidos y las muñecas. Una o dos veces, se reían de él.

"¡A Max le gustan las muñecas!", cantarían las niñas, hasta que la cara de Max se enrojezca de vergüenza. En otras ocasiones, a las niñas realmente no les importaría. Incluso le dirían cuáles vestidos planean vestir cuando celebren su fiesta de quinceañeras.

Cierto día, cuando Max estaba parado con las niñas, admirando las novedades del aparador, se escuchó un leve tintineo de campana mientras se abría de par en par la puerta de la boutique.

"¡Bienvenidos!", les dijo un caballero de edad con cálidos ojos marrón. "Bienvenidos, todos. ¡Entren!".

Las niñas se apresuraron a entrar, cada una haciendo una pausa para decir: "¡Buenos días, señor Pepe!".

El anciano sonreía a las niñas y luego vería a

Max. "¿Vas a entrar, m'ijo?".

Max presionaría sus labios y rápidamente barrería la calle de arriba a abajo. ¿Qué tal si alguien lo viera entrar a la tienda de muñecas?

Max escucharía los regocijados ooohs y

aaahs de las niñas al descubrir cosas nuevas y maravillosas. Max pasó saliva, asintió una vez y se deslizó adentro de la tienda.

¡Qué vista admiraron sus ojos! Un carrusel de ponies danzaba a lo largo de la pared, cristales brillantes colgaban del candelabro, ¡y había hermosas muñecas por todas partes!

Max sintió como si estuviera soñando. Mientras las niñas hablaban con entusiasmo sobre los maravillosos vestidos, Max iba de muñeca en muñeca, asombrándose de sus hermosos brazaletes, elegantes aretes y bonitos collares de perla. El señor Pepe se sentó en el banco, detrás del mostrador, y veía a Max a través de sus finos anteojos.

"¿Te gustan las muñecas, m'ijo?", le preguntó finalmente.

Max sintió que su cara se incendiaba. Asintió con la cabeza y metió las manos en sus bolsillos, aunque anhelaba tocar el suave cabello de felpilla que caía sobre la espalda de una de las muñecas.

"¿Te digo algo?", compartió el señor Pepe, "Alguna vez conocí a otros niños que les gustaba trabajar con muñecas".

Sorprendido, Max levantó la mirada. "¿De verdad?".

El señor Pepe asintió, pero clavó la mirada sobre el nuevo vestido que estaba haciendo. Max se acercó más y observó la aguja plateada atravesar por ambos lados la reluciente tela.

"Cuando yo era niño", siguió el señor Pepe, "nadie se avergonzaba de hacer algo hermoso con las manos. Coser es una

habilidad, tal como pegarle a una pelota de béisbol, o arreglar un auto".

Max nunca lo había pensado de esa manera. "¿Cómo aprendió *usted* a coser?", preguntó.

"¿De verdad quieres saberlo? Es una larga historia", le advirtió el señor Pepe.

Max dejo su pesada mochila en el piso. "No importa", contestó.

El señor Pepe sonrió, pero sus ojos se veían un tanto tristes. "Aprendí del mejor cuando yo era muy pequeño. Pero eso fue hace mucho tiempo y en un lugar muy lejano".

Ava se acercó al mostrador. "Nosotras ya nos vamos, Max", le dijo.

Max se desplazó de un pie a otro. Volteó a ver al señor Pepe, pero el anciano estaba muy ocupado cosiendo. "Creo que... Creo que me voy a quedar", dijo Max tímidamente.

El señor Pepe se levantó y alcanzó una caja llena de bísquets. Se los ofreció a las niñas conforme iban saliendo de la tienda. En seguida, el señor Pepe regresó a su banco detrás del mostrador. "Arrima una silla y toma una galleta", le dijo a Max. Ahí es cuando la historia del señor Pepe comenzó...

2

Pepe vivía en una casa de un solo cuarto, con su abuela. Ellos eran pobres, pero se querían mucho mutuamente. Cada mañana, Pepe ayudaba a su abuela a limpiar la casa de una familia muy adinerada que vivía en lo alto de las colinas. Algunas veces, la señora les daba ropa usada, toallas o sábanas que su familia ya no utilizaba. De ahí, Pepe y su abuela hacían ropa nueva para ellos mismos, un hermoso cubrecama de parches para su cama, y docenas de adorables ropas para muñecas.

Por la tarde, Pepe y su abuela solían ir a la playa a venderles a los turistas sus muñecas hechas en casa. Algunas veces, Pepe tenía permiso de jugar con otros niños en la playa. Pero otras veces, no.

"Recuerda siempre", decía la abuela, "tú no eres un niño de la calle".

Pepe sabía que su abuela no aprobaba a los niños que vagaban por la calle, causaban problemas, y llegaban a asaltar a los turistas o vendedores en el mercado. Pero no todos los niños de la calle eran así. Muy seguido, Pepe veía otros niños de su edad vendiendo cosas que ellos mismos hacían con sus manos.

"Los niños de la calle no son muy diferentes a mí", pensaba Pepe para sí mismo. Pero la abuela no estaba de acuerdo.

"Tú tienes una casa a donde regresar, y alguien que te quiere", le dijo a Pepe. "Tú no andas sin rumbo de un lado a otro como alga en el mar".

El domingo era el día favorito de Pepe. Después de ir a la iglesia, la abuela lo llevaba al jardín público. Tomados de la mano recorrían las veredas adoquinadas, respirando la fragancia del perfume de las hermosas flores. Y abuela podía nombrarlas todas por su nombre: zinnias, flor de mariposa, orquídeas, coralillo, hibiscos, buganvilia y plombagina.

Mientras caminaban del jardín a la casa, la brisa del mar inundaba la rambla, dejando un delicado beso salado en sus mejillas. Pepe estrujaba la mano de su abuela, y se sentía el niño más suertudo del mundo.

Pero entonces, una mañana de domingo la abuela no se despertó. Pepe salió de la cama y comenzó a realizar sus quehaceres. Después de barrer el patio, Pepe trató de despertar a su abuela de nuevo. Dándose cuenta de que algo le pasaba a su abuela, Pepe corrió a la casa de junto para pedir ayuda a la vecina. La señora Clemencia regresó con Pepe y le dijo que su abuela había fallecido durante la noche.

Después del funeral, todas las damas vestidas de negro se fueron. Pepe se sentó en la cama que compartía con su abuela, sin saber qué hacer.

"Descansa", le dijo la señora Clemencia. "Tengo que enviar un telegrama. Alguien vendrá por ti pronto". La señora Clemencia le ayudó a Pepe a meterse bajo el colorido cubrecama. Y suavemente le secó una lágrima que rodaba por su mejilla. Luego lo besó y se marchó.

Pepe esperó tres días y tres noches, pero nadie vino a recogerlo. El cuarto día, el dueño de la casa abrió la puerta con su propia llave. Pepe estaba acurrucado en su cama. En sus brazos apretaba contra su pecho la última muñeca de trapo que él y su abuela habían hecho juntos.

"Tienes que irte ya", le dijo el dueño de la casa. "Tengo una familia lista para mudarse a esta casa".

"Pero no tengo a donde ir", dijo Pepe, mientras su pequeño cuerpo temblaba de miedo. "Ese no es mi problema", dijo el dueño. "Les dejé vivir aquí a ti y a tu abuela, aunque estaban atrasados con la renta. Los muebles deben quedarse, pero puedes llevarte todas las pertenencias que puedas cargar".

Pepe miró hacia abajo, donde se encontraba el cubrecama que él y su abuela habían hecho juntos. Se levantó y empezó a doblarlo cuidadosamente. "¿A dónde iré?", se preguntaba Pepe a sí mismo, en voz baja.

El dueño aclaró su garganta y evitó ver cómo se llenaban de lágrimas los ojos de Pepe. "Algunos niños viven abajo del puente. Quizá puedas ir y unirte a ellos".

Pepe enrolló el cubrecama que había doblado y se lo puso debajo de su delgado brazo. Antes de irse de la única casa que él había conocido en toda su vida, Pepe tomó una cosa más que él podía cargar: la canasta de costura de su abuela. Y dentro de ella puso la última muñeca de trapo. Cuando

Pepe salió hacia el patio, el dueño de la casa metió su mano en el bolsillo y sacó unas monedas. "Toma", le dijo.

De una forma muy sombría, Pepe le dio las gracias al dueño de la casa, y puso las monedas dentro de la canasta. En seguida, cruzó el patio que siempre había barrido cuidadosamente, y salió a la calle.

Durante todo el día, Pepe caminó por el pueblo, sintiendo en su corazón algo muy pesado y frío, como una roca enorme. Pasó por la playa donde él y su abuela solían ir a vender sus muñecas. Fue al mercado y usó las monedas que le dio el dueño para comprar algo de comer. El mercado estaba más lleno y ruidoso que nunca. Nadie, excepto Pepe, parecía notar que su abuela ya no estaba.

Al final, el sol comenzó a ponerse en

el horizonte. Los vendedores empezaron a empacar sus mercancías que no habían vendido, y se fueron andando sin rumbo fijo. Pepe no sabía adónde ir. Vio a unos niños de la calle arrastrar bolsas de plástico llenas con botellas vacías. Pepe caminó lentamente, para que no lo vieran, y siguió a los niños de la calle camino a casa.

Al fondo de un empinado dique con basura esparcida, había un barrio miserable. Con mucho cuidado, Pepe eligió una pendiente para bajar la cuesta, y deambuló por el laberinto de tiendas de acampar, cajas e inmundicia. Una fogata estaba prendida en un hoyo enorme, debajo del puente de concreto. Varios niños asaban pescado sobre la flama abierta. Los niños más pequeños contaban botellas y latas vacías. Dos niños mayores estaban enfrascados en una pelea, mientras otros niños los animaban. El niño jefe estaba sentado cerca del fuego, supervisando todo mientras se balanceaba sobre las patas traseras de su silla.

"¿Y tú quién eres?", le gritó a Pepe, mientras éste se acercaba al fuego.

"Yo soy Pepe".

Un sonido como el crujir de hojas de caña pasó junto a Pepe, mientras su nombre era murmurado de boca en boca, de un niño al siguiente.

"¿Qué quieres aquí, Pepe?"

"Necesito... un lugar dónde quedarme", respondió Pepe, desesperado y humilde.

El niño jefe miró a Pepe por un momento, midiéndolo de arriba a abajo. "¿Qué sabes hacer?".

"*¿Hacer?*", preguntó Pepe.

"Es que no puedes quedarte aquí de gratis". El niño jefe volcó su silla hacia adelante para explicar. "Tienes que tener un trabajo –una habilidad- alguna forma de contribuir con nuestra pequeña familia. Yo soy Primo. Yo hago coches impulsado desde una lata vacía".

Un niño pequeño se apresuró hacia el frente, y orgulloso exhibió uno de los coches de Primo. Estaba hecho de tapas de botella y latas de aluminio, cortadas y forjadas lisas.

Pepe pensó por un momento. Miró hacia abajo la canasta que colgaba de su mano. "Puedo coser", dijo en voz muy baja.

"¿Coser? ¿Puedes hacer ropa?". Primo saltó entusiasmado.

Pepe miró a su alrededor y se dio cuenta

que todos los niños vestían ropa en condición de harapos, sucia, que les quedaba muy grande o muy chica. Pepe sacudió su cabeza, apenado de decepcionar al niño jefe. "No para personas".

Primo se mofó. "¿No para personas? ¿Quién más se viste con ropa?".

Los demás niños se rieron y esperaron a escuchar la respuesta de Pepe. Con sus mejillas ardiendo, Pepe se encorvó para abrir la canasta de su abuela. Sacó la pequeña muñeca de trapo y la puso frente a Primo para que la pudiera observar.

"¿Haces ropa para muñecas?", preguntó Primo. Algunos niños lanzaron risitas, pero la mayoría de ellos se acercó, esperando poder ver mejor la muñeca de Pepe.

"Mi abuela y yo vendíamos estas muñecas

en el mercado, y a los turistas en la playa", explicó Pepe.

Primo inclinó la cabeza y dobló sus brazos sobre su pecho. Entrecerró los ojos y observó a Pepe, tratando de estimar el valor de un niño que podía coser. Al final, le dijo: "¡Bienvenido a la familia, Pepe!".

Uno de los niños más pequeños se acercó y tocó el brazo de Pepe. "Me llamó Melky. Puedes dormir conmigo", le dijo en un murmullo. "Tengo un pedazo de cartón grande para mí solito".

Melky tomó la mano de Pepe y lo guió hasta un costado, donde él y otros niños dormían. En el suelo lodoso había una caja de cartón aplastada.

"¿Ves?", dijo el niño con orgullo. "¡Es lo suficientemente grande para ambos!".

Pepe atinó a sonreír, pero dentro de su corazón se retorcía de dolor. ¿Cómo podía poner el hermoso cubrecama de su abuela en el piso inmundo?

"Tengo... tengo que irme", dijo repentinamente Pepe, temeroso de que las lágrimas le resbalaran y lo avergonzaran frente a Primo y los demás niños.

"¿Ir adónde?", preguntó Melky.

Pepe no pudo responder. No tenía un destino. Sólo sabía que no podía quedarse con los niños de la calle, debajo del puente.

"¿Piensas que eres mejor que nosotros?", lo retó Primo. Infló su pecho y apretó los puños, levantando la barbilla con orgullo. Pepe sacudió la cabeza y retrocedió, asiendo la canasta de costura de su abuela.

"N-no. Yo sólo... quiero decir, Yo...".

Pepe no sabía qué decir. Podía escuchar la voz de su abuela recordándole una y otra vez, *"Tú no eres un niño de la calle. Tú no deambulas de un lado a otro, como alga en el mar"*.

Pepe se alejó lentamente de la pandilla de niños. Sus ojos se detuvieron en el niño más pequeño, Melky, y a él le dio Pepe la última muñeca de trapo. Después, se dio la vuelta y huyó sin decir otra palabra.

Primo escupió en el suelo mientras Pepe se alejaba. "Va a regresar", dijo el niño jefe con desdeño.

3

Pepe remontó el terraplén y corrió por las calles vacías, casi cegado por sus lágrimas. ¿Cómo pudo pasarle esto a él? ¿Cómo es posible que no tuviera a dónde ir, y que nadie se hiciera cargo de él? Pepe corrió hasta que ya no pudo seguir más adelante, y se desplomó sobre el cemento a la orilla de la calle. Enterró su cara entre sus brazos y lloró.

La cara de Pepe estaba tan mojada, que casi pasa desapercibida la lengua de una perra callejera que lamía su mejilla. Pepe dejó de llorar y suavemente acarició a la solitaria perra. Su pelaje estaba apelmazado, pero su cuerpo estaba tibio, y Pepe sintió el consuelo de su nueva amiga. Juntos caminaron hacia las montañas, pasaron las casas con las luces encendidas y las risas apagadas de las familias acomodadas, sentadas en torno a su cena.

Los pies de Pepe lo guiaron a la casa de la señora rica. Caminó por la parte trasera de la casa, como solía hacer cuando venía con su abuela a limpiar la casa. Pero esta vez, en vez de tocar a la puerta, Pepe permaneció en las sombras. La perra solitaria lo miró expectante, pero Pepe estaba muy avergonzado para pedir ayuda a la señora. Se pegó a la pared de estuco, cerró sus ojos, e inhaló el delicioso aroma de cerdo asado que flotaba fuera de la ventana de la cocina.

El rápido movimiento de la cola de una lagartija despertó a Pepe de su ensueño. Pepe saltó, y la perra solitaria ladró a la pequeña lagartija verde, que lentamente escalaba la pared.

"Chitón", gritó Pepe, con el temor de que alguien en la casa lo pudiera escuchar. Guió a la perra hacia el callejón que apestaba por todos los botes de basura. Pepe observó con cierta envidia cómo la perra solitaria olía alrededor y encontraba algo para comer, entre los montones de basura maloliente.

Pepe tapó su nariz y se acercó a los malolientes botes de basura. Pudo ver una mitad de pan y algunos huesos de pollo sobre una bolsa de papel manchada. Pepe espantó a las moscas, y mordió sus labios mientras su estómago gruñía de hambre.

"¿Qué haces?"

Pepe volteó, y grande fue su sorpresa al ver ahí a la hermosa hija de la señora, Nilda, observando a través de la reja trasera.

"Yo... yo estaba solamente... buscando comida", tartamudeó Pepe, con sus mejillas ardiendo de vergüenza. Deseó que se pudiera convertir en una pequeña lagartija, y escapar de la vista de la niña.

"Esa es nuestra basura", dijo Nilda. "Tú no vas a encontrar nada de comer *ahí*".

Pepe se encogió de hombros inútilmente y fijó sus ojos al suelo. Podía sentir la mirada de la niña sobre él, pero no se atrevió a decir ni una palabra más.

"¡Yo te conozco!", dijo Nilda con repentino regocijo. "¡Tu abuela solía venir a limpiar nuestra casa!".

Pepe asintió con tristeza, y se volteó para que la niña no pudiera ver sus lágrimas.

"Ella murió, ¿es así?", pregunto Nilda con una voz amable.

Pepe volvió a asentir, pero aún no era capaz de ver a la niña. Nilda puso su mano sobre el brazo de Pepe.

"Espera aquí", le dijo la niña esbozando una sonrisa traviesa, y luego desapareció detrás de la reja.

Pepe no podía decidir si debía salir corriendo o esperar a que regresara la niña. ¿Realmente era Nilda tan amable como parecía, o iría a decirle a su mamá que él estaba recogiendo basura de sus botes? Y justo cuando Pepe había decidido irse, la puerta de atrás se abrió y reapareció Nilda.

"Toma", le dijo rápidamente, "¡llévate

esto!"

Pepe tomó el pequeño bulto, pero no tuvo tiempo de darle las gracias a la niña, pues ella se deslizó por la puerta, hacia adentro del patio.

Dentro de la servilleta de tela había un mango, una tortilla y un pedazo de carne. Pepe observó la comida. Incapaz de creer lo que veían sus ojos. En seguida, el olor del cerdo alcanzó sus fosas nasales y saboreó la comida, compartiendo algunos mordidas con la perra solitaria.

Cuando su comida se terminó, Pepe dobló la hermosa servilleta y la puso dentro de la canasta de costura de su abuela. En seguida, Pepe y la perra caminaron con lentitud de regreso al centro del pueblo. Las amplias puertas de madera de la iglesia estaban completamente cerradas, y la reja que daba acceso al jardín estaba con llave. Pepe miró entre los barandales y recordó las muchas tardes maravillosas que había pasado en el jardín acompañado de su abuela. Antes de que las lágrimas volvieran a asomar a sus ojos, Pepe llamó a la perra con un silbido y siguieron caminando, pasando sus dedos a lo largo de la reja negra de hierro.

Las frondosas plantas dentro del jardín hacían el aire fragante y húmedo. Cuando Pepe pasó debajo de la fronda de un árbol de plumaria, la perra solitaria se detuvo y ladró. Pepe paró en seco debajo de la fresca sombra, buscando los brillantes ojos de la perra.

"¿Qué pasa, chica?", le preguntó a la perra.

La perra parpadeó a Pepe, después se contoneo entre los rieles de acero y desapareció dentro del jardín.

Pepe resolló. ¿Podría caber él también entre los rieles? Las barras parecían un poco separadas en la parte inferior, cerca del piso. Pepe dio un vistazo a la toda la calle desierta. Después, se puso de rodillas y empujó la canasta de costura de su abuela, entre los rieles de hierro. Pepe hizo una respiración profunda. Puso un brazo a través de la reja, y se encogió, hasta que el resto de su cuerpo pasó del otro lado.

"¡Lo bueno es que estoy muy flaco!", dijo Pepe a la perra solitaria.

Encontraron una parte de pasto suave, casi suavizado por las sombras, y pronto se quedaron dormidos debajo de las estrellas.

4.

Al siguiente día, Pepe se despertó con la salida del sol, y se escurrió de nuevo para salir del parque entre los rieles de la reja. La pequeña perra se quedó con él por un rato, pero luego corrió para unirse a un grupo de perros callejeros. Abandonado una vez más, Pepe deambuló sin rumbo fijo por el pueblo, preguntándose dónde encontraría su siguiente comida.

Muy pronto, los tenderos comenzaron a llegar y los sonidos llenaron de vida las calles del pueblo. El sol brillaba intensamente en el cenit, y la gente se saludaba mutuamente en su camino al trabajo. Sin un propósito definido, Pepe se paró en medio de la calle transitada y se sintió como una sombra delgada, obscura, en lugar de ser un niño real y sólido.

"¡Ay Dios mío!".

Pepe se dio la vuelta y vio a una pequeña mujer con pelo plateado, precariamente apoyada en un desvencijado cajón. Tenía dificultad para abrir las contraventanas de su negocio. Rápidamente, Pepe puso todas sus pertenencias hacia un lado para ayudar a la señora a mover los largos tablones de madera para abrir su negocio. Ambos respiraban con dificultad, hasta que pudieron terminar de poner los tablones en su lugar, y la anciana tuvo que sentarse sobre la caja para retomar su respiración, antes de poder darle las gracias a Pepe por su ayuda.

Por un momento, Pepe se preguntaba si debía pedirle a la anciana algo de dinero para comprar tortillas en el mercado. Pero en ese momento, cuando Pepe volteó hacia lo que revelaban las contraventanas vio ¡una tienda llena de muñecas! Los labios de Pepe se abrieron en asombro, se olvidó por completo de su propia hambre, y sus ojos devoraron las hermosas muñecas.

La anciana observó a Pepe más de cerca. Notó que sus sandalias eran de su talla, y que su ropa, aunque estaba arrugada, no estaba sucia. En sus delgados brazos él sujetaba un cubrecama hecho a mano y una canasta de costura muy parecida a la suya. Él no podía ser un niño de la calle, pensó para sí misma.

Antes, la anciana había sido sorprendida por niños que parecían inocentes, pero que le robaban lo que podían en cuanto ella se volteaba. Este niño no parecía un ladrón, ¿pero cómo podía estar segura? Al final, se levantó y dijo:"Vamos adentro a refrescarnos. Hace calor y el día apenas comienza".

Pepe asintió silenciosamente y siguió a la anciana hacia adentro. La tienda estaba a media luz y todo en silencio, y Pepe se sintió de la misma manera como cuando entraba a la iglesia a la misa de domingo. Las muñecas estaban hermosas, pero Pepe no se atrevió a tocar nada, por miedo a dejar manchas con sus manos sucias.

"¿*Hizo* usted todas estas muñecas?", preguntó Pepe asombrado.

"¡Claro!", replicó la anciana dejando

escapar un rastro de risa en su voz. "¡Las muñecas no caen del cielo!".

Pepe se sintió tonto por preguntar, pero es que las muñecas se veían tan llenas de vida, que parecían mágicas. La anciana continuó observándolo mientras él contemplaba maravillado los estantes llenos de muñecas de diferentes variedades y tamaños. Finalmente, ella preguntó: "¿Dónde vives, m'ijo?".

Pepe estrujó la sobrecama de su abuela para acallar el estruendo de su barriga hueca. Miró hacia sus pies y decidió no decir nada, en lugar de decir una mentira.

"Quizá necesites algo de agua para humedecer tu garganta", le sugirió la anciana. Se retiró hacia la parte de atrás y regresó con dos vasos de agua. Pepe estaba muy sediento, pero tomó el agua lentamente para no tener que responder a las preguntas de la señora.

De pronto, el silencio entre ambos se llenó con el ruidoso toquido en la ventana frontal de la tienda. Pepe y la señora voltearon hacia la calle para ver quién golpeaba el vidrio. Un señor obeso, de baja estatura, con bigote, levantó el sombrero de su cabeza calva en señal de saludo a la señora. Ella sonrió y en señal de respuesta lo saludó agitando la mano, pero luego se quejó cuando el hombre se dirigió hacia la puerta y entró a la tienda.

"¡Buenos días, señora Beatriz!". El señor con bigote sonrió a la señora, pero algo en sus ojos parecía que no lo hacía realmente feliz el ver a la señora.

"Buenos días, señor Raúl. ¿Qué lo trae

a esta humilde tienda tan temprano por la mañana?".

"Sólo vengo a hacerle una visita amistosa", respondió el señor en una voz no muy amigable. "Pensé que necesitaba ayuda con sus contraventanas".

"Yo puedo manejar perfectamente bien los asuntos de mi tienda sin ayuda, señor Raúl. ¡Yo he abierto y cerrado mi tienda por mí misma durante más de treinta años!".

Pepe pudo adivinar, por la forma como la señora fruncía los labios, que a ella no le importaba este visitante.

"¿Y quién es él?", preguntó el señor. Pepe se dio cuenta que el señor Raúl lo señalaba a él, y el niño sólo atinó a volver a bajar la vista a sus pies.

La señora Beatriz volteó a ver a Pepe.

"Él es... mi ayudante", dijo ella en tono desafiante.

"¡Ah, así que finalmente ha encontrado un aprendiz!" Qué alivio. Me preocupa que usted se la pase enclaustrada sola en esta sofocante tienda".

De nuevo, el hombre sonrió de una forma que no parecía muy amable, y Pepe notó que las mejillas de la señora se tornaban rojas.

"Tenemos mucho trabajo por hacer el día de hoy, señor Raúl, así que si usted nos permite...".

"Claro, claro, yo también estoy muy ocupado", replicó el hombre con arrogancia. "Debo ir a la fábrica y supervisar a mis trabajadores. ¡Ellos dependen de mí! Soy como un padre para ellos", dijo con un suspiro. "Pero eso es lo que significa ser *el patrón"*.

Volteó a ver a Pepe con mirada severa por un momento, luego inclinó el sombrero hacia la señora, y salió de la tienda.

"¡Imbécil!". Prácticamente, la señora escupió la palabra hacia el piso. "¡Vaya osadía! Venir aquí a presumir de sus valiosos trabajadores!".

"¿Qué hace el señor en su fábrica?", se atrevió a preguntar Pepe.

La señora levantó las manos y exclamó: "¡Muñecas!". En seguida vio a Pepe y comenzó a reírse.

Pepe sonrió también, aunque secretamente se preguntaba si la señora realmente pensaba ocuparlo como su "ayudante".

La señora sacó un banco detrás del mostrador y se sentó dando un suspiro. "El señor Raúl dice que yo estoy muy vieja para operar esta tienda por mi propia cuenta. Pero lo que realmente quiere es deshacerse de mí y de mis queridas", dijo ella con un movimiento de brazos.

"Él hace muñecas baratas y feas en su fábrica. Pero la gente prefiere comprar mis muñecas hechas a mano, cada una especial en sí misma".

"Sus muñecas son hermosas", dijo Pepe.

La señora sonrió con orgullo mientras pasaba una mirada alrededor de su pequeña tienda. "Sí, ellas llevan alegría a muchos niños. Pero lleva mucho tiempo hacer sólo una". Su sonrisa desapareció y la señora suspiró. "Y mis ojos ya no son tan buenos".

Pepe tragó saliva. "Yo tengo buenos ojos", dijo en voz muy baja.

"Vamos a ver", dijo la señora Beatriz, parándose del banco. "Tengo algo de listón que necesito cortar, y aljófar que debo coser en un corpiño. ¿Crees que puedes ayudarme con eso?".

Pepe exclamó: "¡Ah, sí, claro, señora Beatriz!". Nunca antes había visto él aljófar o corpiños, pero Pepe haría todo por probar que valía la pena para el trabajo. "Me llamo Pepe", añadió tímidamente.

La señora lo vio. Le gustaban los modales de este niño y espera no estar cometiendo un error al dejarlo entrar a su tienda. Realmente no *parecía* un niño de la calle, pero solamente el tiempo podía decirlo con certeza.

"¿De dónde sacaste esa canasta de costura, Pepe?".

"Era de mi abuela", dijo Pepe. "Ella me

enseñó cómo coser desde que yo era un niño muy pequeño".

La señora trató de no reírse al comentar: "¡Entonces tú debes estar cosiendo por un tiempo muy largo!".

Pepe asintió y sostuvo en lo alto el cubrecama que había hecho con su abuela. "Yo ayudé a mi abuela a hacer esto".

La señora se puso las gafas, inspeccionando las puntadas rectas, y movió su cabeza asintiendo en aprobación. Sin el cubrecama que cubriera su estómago, Pepe no pudo esconder su hambre por más tiempo. La señora escuchó el ruidoso estruendo y le tendió a pepe la bolsa donde llevaba su almuerzo.

"Come", le insistió. "No me serás de mucha ayuda si te desmayas de hambre".

“Pero este es su almuerzo”, protestó Pepe.

“Todavía no son las nueve en punto”, dijo la señora. “Ya nos preocuparemos del almuerzo cuando llegue el mediodía. ¡Por ahora, come!”.

Mientras Pepe comía, la señora preparó carretes de hilo, listón y encaje, y una caja llena con pequeñas cuentas blancas. Luego, sacó un vaporoso vestido blanco a la medida de una novia pequeña. Pepe metió la caja de madera y la señora empezó a enseñarle a su nuevo ayudante cómo hacer vestidos de muñeca.

5

El reloj de la pared marcaba el tiempo ruidosamente, mientras Pepe se sentaba junto a la señora, con las agujas deslizándose silenciosamente dentro y fuera de la adornada tela. Pepe puso todo su esfuerzo para concentrarse en la tarea, y ni siquiera se movió, aun cuando su espalda comenzó a doler. Él esperaba que la señora Beatriz quedara impresionada con su trabajo, que decidiera contratarlo para trabajar en su tienda. Dos veces sonó la campana, y un cliente entró a comprar una muñeca. La señora Beatriz se levantó y atendió a sus clientes, pero Pepe permaneció enfocado en su trabajo.

Cuando finalmente llegó el mediodía, la señora levantó la vista hacia el reloj, luego se quitó las gafas y se frotó sus ojos cansados. "Creo que tenemos que descansar un momento, Pepe. ¿Puedes ir al mercado y comprarnos algo para almorzar?".

Pepe asintió con entusiasmo y punzó la aguja en el cojín alfiletero, de manera que más tarde la pudiera encontrar fácilmente. La señora Beatriz abrió su cartera y sacó unas monedas. Le dio una mirada adusta antes de darle el dinero: "Dos pasteles, uno para ti y uno para mí. ¿Puedo tener la confianza de que irás y regresarás directo a la tienda?"

"¡Claro, señora!", dijo Pepe muy seriamente.

La señora le explicó con cuál de los vendedores debía comprar el almuerzo, y mandó a Pepe hacia la calle.

¡Qué distinto parecía todo ahora que él tenía su propio propósito! Pepe estaba tan emocionado de haberse ganado la confianza de la señora, que ni siquiera notó al pequeño niño de la calle que parecía estarlo siguiendo. Todo lo que Pepe quería era comprar pasteles y regresar a la tienda lo más pronto posible.

Iba camino de regreso a la tienda, con el cambio de la señora en su bolsillo, cuando Pepe sintió una mano tirando de su brazo. Volteó y vio a Melky, el niño más pequeño del miserable campamento debajo del puente.

"¿Hora de almorzar?", dijo inocentemente.

Pepe miró los ojos de Melky y vio la

misma hambre que él había sentido la noche anterior, antes de que Nilda compartiera su cena con él. Pepe le dio un vistazo a la bolsa de papel que contenía los dos pasteles calientitos. El cambio extra pesaba mucho en su bolsillo. Pero ni la comida ni el dinero eran suyos para compartir. Pepe no sabía qué hacer.

"Sí...íí. La señora me mandó al mercado. Pero debo regresar de inmediato. Ella me está esperando".

Pepe se volteó y empezó a caminar rápido en dirección a la tienda. Melky corrió junto al lado de Pepe, hablando alegremente.

"Ella hace muñecas en vestidos vaporosos. Yo todavía tengo tu muñeca. La he llamado Luz. Ese era el nombre de mi mamá".

Melky sacó la pequeña muñeca de trapo

de su bolsillo, la besó, y la volvió a guardar de nuevo. "¿Vas a quedarte con esa señora de ahora en adelante?".

Pepe encogió los hombros y deseo poder encontrar la forma de hacer que el pequeño niño desapareciera. Su cara estaba sucia, su cabello sin peinar, y su ropa estaba manchada y hecha girones. ¿Qué pasaría si la señora loa viera andando juntos? ¿Pensaría que también ÉL era un niño del a calle?

Pepe tomó una respiración profunda y paró en medio de la calle. Melky paró también y dio un vistazo de esperanza a la bolsa de papel.

"Si te doy algo de mi almuerzo, debes prometerme irte lejos. No debes dejar que la señora te vea... ¡nunca!".

Melky asintió con su cabeza y se lamió

los labios como si pudiera ya saborear el delicioso pastel. Pepe partió uno por la mitad y se lo ofreció al pequeño niño.

"¡Tienes que prometer!", insistió Pepe.

"Lo prometo", dijo Melky con una mano sobre su corazón. Pepe puso el pastel calientito en la otra mano de Melky y luego se apuró a regresar a la tienda.

Dentro de la tienda, la señora Beatriz había limpiado la mesa de trabajo para que el vestido que no habían terminado no se manchara con la comida. Había puesto dos vasos de agua y dos servilletas para comer el almuerzo. La señora pareció tranquila cuando vio a Pepe entrar a la tienda.

Silenciosamente, Pepe hurgó por el cambio en su bolsillo y puso todo sobre la mesa. La señora le dio un vistazo al cambio y pareció estar satisfecha. Luego abrió la bolsa de papel. Las piernas de Pepe temblaron y tuvo que reprimir la urgencia inmediata de echarse a llorar. ¿Lo echaría la señora a la calle?

La señora Beatriz se sorprendió por lo que vio en la bolsa. Le dio a Pepe una mirada curiosa, pero en sus ojos no había asomo de enojo.

"¿Estabas tan hambriento?" Removió el pastel que Pepe había partido en dos y lo puso sobre una de las servilletas. Pepe miró hacia otro lado y no dijo nada. La señora suspiró y sacó el otro pastel.

"De ahora en adelante tenemos que estar seguros de que tienes suficiente comida. Cada vez que tengas hambres, sólo dímelo. Yo soy una mujer anciana, ¡y algunas veces me olvido de lo que es tener un estómago joven!".

La señora le guiñó un ojo, y Pepe suspiró con alivio. Ambos comieron su almuerzo, y luego Pepe ayudó a limpiar la mesa para poder seguir trabajando en el vestido.

Varias horas después ¡el delicado vestido estaba terminado! La señora Beatriz lo puso cuidadosamente a una de las muñecas más bonitas, y luego puso la muñeca en la ventana de la tienda.

Pepe limpió el piso y se preguntó qué pasaría después. La señora parecía muy complacida con su trabajo, pero era casi hora de cerrar la tienda. ¿Lo mandaría ella a la calle?

La señora miró a Pepe sobre sus gafas. Podía ver la preocupación estampada en su cara. "¿Cuáles son tus planes para la cena?", le preguntó, sabiendo con certeza que el niño no tenía ningún plan.

Cuando Pepe se encogió de brazos, la señora suspiró y dijo. "Entonces creo que es mejor que vengas conmigo a casa".

La señora Beatriz tomó su cartera, sacó sus llaves y le hizo señas a Pepe para que la siguiera. Él rápidamente recogió su cubrecama y su canasta de costura, y esperó que su sonrisa pudiera expresar cuán agradecido se sentía. Después que la señora cerró la puerta de la tienda, Pepe la ayudó a poner las largas tablas en la contraventana.

Conforme se dirigían a la casa de la señora, un auto elegante se detuvo al lado de ellos y un hombre bajo su ventanilla. Era el señor Raúl.

"¡Buenas tardes, señora Beatriz!", dijo él con una sonrisa repulsiva.

"Sigue caminando", murmuró la señora a Pepe. Ella sonrió amablemente al señor Raúl, pero aceleró su paso.

"¿Por qué no me deja llevarla a casa?", sugirió el desagradable hombrecito. "Una mujer de su edad no debería caminar tan lejos después de estar todo el día inclinada sobre una aguja y cosiendo durante todo el día. ¡Debe estar exhausta!". El señor Raúl se rió por lo bajo y detuvo el auto para que la señora pudiera subir.

Pepe observó cómo la señora giró sobre su tobillo y puso ambas manos sobre sus caderas. Sus ojos centelleaban de ira mientras hablaba.

"No necesito su caridad, señor Raúl. He

estado haciendo muñecas desde que usted era un niño, ¡y seguiré haciendo muñecas mucho después de que este niño se convierta en un hombre!".

La señora puso su mano sobre el hombro de Pepe, e instintivamente él se irguió derecho. "Le sugiero que vaya a casa y coma su cena. Mi aprendiz y yo preferimos caminar. Buenas noches, señor".

La señora Beatriz dirigió a Pepe hacia una calle estrecha, lejos del ocioso auto y de la estupefacta cara del señor Raúl.

6

La casa de la señora no era tan grande como la de Nilda. Sin embargo, era mucho más grande que la casa en la que Pepe había vivido con su abuela. La señora Beatriz guió a Pepe arriba, atrás de las escaleras y hacia un cuarto que estaba cerrado en forma muy parecida a la del cuarto trasero de la tienda de muñecas. Había rollos de tela costosa alineados contra la pared, y varios maniquíes sin cabeza estaban colocados en las esquinas, modelando ropa sin terminar. Al centro del cuarto había una mesa cuadrada cubierta de patrones de costura, y en la esquina más lejana había una vieja máquina de coser.

"Las muñecas las dejo casi siempre en la tienda", explicó la señora, "pero aquí en la casa elaboro la ropa para mis otros clientes, ropa más sofisticada para bodas y otras ocasiones especiales".

Pepe notó dos hermosos vestidos de boda que se parecían mucho al vestido de muñeca en el que habían trabajado durante el día.

"¿También hace ropa para caballero?", preguntó Pepe.

"Sí, claro", dijo la señora, al tiempo que abría un ropero alto donde guardaba muchas finas chaquetas, camisas a la medida, y pantalones de planchado permanente. La señora pasó sus ojos sobre Pepe, y añadió.

"Pronto necesitaremos hacerte algo de ropa nueva".

Pepe se sonrojó, pero se preguntó cómo luciría su nueva ropa. Todavía tenía la hermosa servilleta de tela en su canasta de costura, y deseó poder convertirla en algo bonito para Nilda, por ejemplo una muñeca.

"¿Vienen aquí las personas a comprar ropa, señora Beatriz?".

"Algunas veces", respondió ella, cerrando las puertas del ropero. "Les tomo las medidas y luego ellos regresan unos días después, cuando su ropa está lista".

Ella pasó sus dedos sobre la vieja máquina de coser y sonrió cariñosamente. "Esta ha sido mi amiga leal por muchos, muchos años".

De pronto, la señora aplaudió, sorprendiendo

a Pepe. "¡Suficiente!" ¡Debemos llenar tu estómago antes de que empieces a mordisquear los muebles! Ven conmigo".

La señora llevó a Pepe hacia un cuarto pequeño. Adentro había un sillón bajo y una mesa pequeña que sólo se sostenía con tres patas. Había una pila de libros que hacía las veces de la cuarta pata.

"No es mucho", dijo la señora, "pero algunas veces me acuesto aquí cuando mis ojos necesitan un descanso. Mi cuarto está en el frente de la casa".

Pepe siguió a la señora mientras ella le mostraba toda la casa. "Usted tiene una casa muy bonita, señora", dijo Pepe cuando terminaron el recorrido.

La señora Beatriz sonrió "Tienes muy buenos modales, Pepe. Tu abuela te crió muy bien. Ahora, ve a poner tus cosas en el cuarto de invitados, y luego regresa y dime qué solía prepararte tu abuela para cenar".

Pepe fue corriendo al pequeño cuarto y puso la canasta de costura de su abuela sobre la mesa. Luego, desdobló el bonito sobrecama, y con cuidado lo desdobló sobre el sillón. Los ojos de Pepe se llenaron de lágrimas. Le costaba trabajo creer su gran suerte. De nuevo tenía una casa ¡y alguien que lo cuidara!

Después de cenar, la señora le mostró a Pepe el traje que estaba haciendo para un político importante. Pepe observó más de cerca cómo la señora Beatriz presionaba el pedal que tenía en el piso y giraba la rueda que había a un lado la máquina de coser. Algunas veces la máquina se atascaría en la fina tela, pero pacientemente la señora enderezaba la costura y dirigía la máquina para que pasara lentamente sobre la tela, una vez más.

Pepe observaba a la señora y esperó que un día ella le enseñara a él cómo usar la complicada máquina de coser. Pero por ahora, él se contentaba con realizar tareas simples como coser botones y encajes.

Pepe y la señora trabajaron hasta muy tarde por la noche. Cuando Pepe comenzó a cabecear, la señora Beatriz lo mandó a la cama, aunque ella se quedó encorvada sobre la irregular máquina de coser. Antes de que Pepe se metiera a la pequeña cama, recordó que primero debía arrodillarse para decir una oración de gracias para la amable mujer que le había abierto las puertas.

A la siguiente mañana, Pepe despertó en el cuarto extraño y se preguntaba si todo había sido un sueño. Olió la rica esencia de un café cargado y observó afuera para ver a la señora Beatriz preparar el desayuno en la cocina. ¿Realmente lo dejaría quedarse? Pepe no estaba seguro, así que enrolló el cubrecama de su abuela y preparó su canasta de costura en la puerta.

La señora entró al cuarto con un plato de comida y vio a Pepe que estaba empacando. Ella tosió ligeramente y dijo, "quizá deberías dejar tus cosas aquí por ahora. No es necesario que andes cargando tus cosas de un lado a otro. Ahora... ¡come!".

Pepe sintió que su corazón daba un brinco dentro de su pecho. Él aceptó el plato con huevos, y gustosamente hizo lo que se le mandó.

Durante las siguientes semanas, Pepe pasó sus días trabajando con la señora en la tienda. Parecía que más clientes llegaban a comprar muñecas, y Pepe esperaba que eso fuera porque él era muy buen ayudante. El señor Raúl pasó una vez más, pero se fue resoplando cuando vio lo ocupados que estaban.

Por la noche, cerraban la tienda y se iban a cenar. Después de un tiempo, la señora enseñó a Pepe cómo hacer ropa para las damas y caballeros elegantes del pueblo.

"Eres un aprendiz rápido", le dijo la señora una noche, mientras relajaba sus cansados ojos. "¡Quizá un día te conviertas en sastre y abras tu propio negocio!".

Pepe abrió muy grandes sus ojos al

imaginarse a sí mismo trabajando en su propia tienda, tan exitosamente como la señora. Miró alrededor del cuarto de costura lleno de trajes y vestidos, y sólo una o dos hermosas muñecas.

"De hecho", confesó Pepe, "Creo que mejor me convertiré en un fabricante de muñecas como usted".

La señora se emocionó, pero su sonrisa era un poco triste. "En el futuro, la gente querrá sólo comprar muñecas de fábrica. Esas son menos costosas y más fáciles de reemplazar". Ella suspiró y se puso las gafas para seguir trabajando en su costura.

Pepe pensó en el señor Raúl, a quien sólo le importaba el dinero y en decirles a sus trabajadores lo que debían hacer. "Yo creo que la gente siempre querrá tener algo hermoso que haya sido hecho a mano. ¡Sus muñecas son muy singulares!", insistió Pepe.

"Quizá tengas razón", admitió la señora. "Pero los trabajadores de la fábrica del señor Raúl pueden hacer cien muñecas en un día, y los pobres no pueden permitirse comprar nuestras adorables muñecas".

Esa noche, mientras se recostaba en la cama, Pepe pensó acerca de lo que había dicho la señora. Era verdad que sólo la gente adinerada podía comprar la ropa y las muñecas que ellos hacían. Pepe pensó en las pequeñas muñecas de trapo que él solía hacer con su abuela.

"Cuando tenga mi propia tienda", Pepe le susurró a la luna, "haré hermosas muñecas que todos puedan disfrutar".

7.

Una noche, en su camino de la tienda hacia su casa, la señora Beatriz le dijo a Pepe que tenía que salir fuera del pueblo. El corazón de Pepe se le atoró en la garganta. ¿Lo enviaría la señora a la calle? Si era así, ¿adónde se iría él?

"Necesito que te quedes aquí y termines esos pantalones", le dijo la señora. "Regresaré mañana a temprana hora. Si la señora Rodríguez no viviera tan lejos, no tendría que quedarme a pasar la noche".

Ella se detuvo y observó a Pepe, quien

trataba de esconder las lágrimas de pánico que habían aparecido en sus ojos. "¿Estarás bien si te quedas solo en la casa? Es solamente por una noche".

La garganta de Pepe estaba muy tensa para que pudiera pronunciar una palabra, así que sólo asintió con la cabeza y trató de parecer valiente. ¡La señora sólo se iba por una noche! Él no iba a estar sin casa otra vez.

"La señora Rodríguez tiene una hija que se va a casar. Mi madre solía trabajar en su casa como cocinera. Ellos podrían comprar un vestido en una tienda de lujo, pero la señora Rodríguez ha insistido en que lo haga yo misma".

La señora suspiró y observó hacia abajo sus dedos agarrotados. "Por lo menos va a enviar a su chofer a recogerme, así que no tengo que tomar el autobús". La señora puso su mano sobre el hombro de Pepe y se recargó un poco sobre él, mientras caminaban el resto del camino a casa.

.Tan pronto como la señora se alejó en el coche de la señora Rodríguez, Pepe se sentó y comenzó a trabajar en los pantalones a los que necesitaba hacer el dobladillo. Con nada que lo distrajera, Pepe terminó su trabajo muy rápido. Con cuidado, colgó los pantalones con mucho cuidado dentro del ropero, y buscó alrededor por algo más qué hacer.

Los ojos de Pepe se posaron en la máquina de coser. La señora Beatriz había estado trabajando en un vestido para otra novia que se casaría. Pepe se acercó para verlo más de cerca. Si la puntada no era muy complicada, quizá el podía ayudar a la señora ¡terminándolo él mismo!

Pepe sabía que la máquina era inconstante. Sabía que podía trabajar bien por un rato, y luego repentinamente empezaba a atascarse en la costosa tela. La señora Beatriz tenía su forma de arreglar la máquina con darle un golpe en algún sitio. Pepe la había visto hacerlo docenas de veces. Estaba seguro de que él podía hacer exactamente lo mismo.

Pepe trabajó en el vestido por casi media hora, antes de que la máquina de coser empezara a fallar. Pepe hizo todo lo que había visto hacer a la señora, cada vez que la máquina empezaba a fallar. La aguja no quiso seguir hacia arriba o hacia abajo, pero Pepe sabía que si seguía girando la rueda la aguja atorada simplemente podía partirse por la mitad. Algunas veces, cuando la máquina estaba especialmente complicada, la señora Beatriz abría una pequeña puerta y trataba de arreglar las partes interiores. Pepe decidió tratar de hacer lo mismo. Pepe vio una parte que parecía estar doblada. Pepe trató de presionarla para hacerla plana otra vez, y la parte ¡se rompió en sus manos!

"¡Oh, no!", gritó Pepe. "¿Qué es lo que he hecho?".

Pepe trató de reinstalar la parte rota dentro de la máquina, pero la pequeña parte dentada no se quedaba en el lugar donde debía ir. ¿Sería capaz de pegarla de nuevo? Pepe se puso a buscar por toda la casa, pero no pudo encontrar algo de pegamento. Tenía unas monedas que la señora le había dado, pero a esta hora todas las tiendas estaban cerradas por el resto del día. No le quedaba más que esperar hasta la mañana siguiente. ¿Pero qué pasaría si la señora regresaba primero y descubría que él había descompuesto su querida máquina? Pepe *sabía* perfectamente que la señora lo sacaría a la calle.

"¿Qué debo hacer?", se preguntó a sí mismo una y otra vez. Finalmente, se sentó frente a la máquina de coser y bajó su cabeza desesperado. Pepe estaba seguro que la señora le pediría irse de la casa, y él no tendría otra opción que unirse a los otros niños de la calle que vivían en grupo debajo del puente.

De pronto, ¡a Pepe se le ocurrió una idea! Arrancó la parte rota de la máquina y salió corriendo de la casa. Pepe se dirigió directo al barrio donde vivían todos los niños de la calle. Con mucho cuidado bajó por la empinada pendiente y caminó hacia la fogata que prendían todas las noches.

Primo estaba sentado rodeado por un grupo de niños pequeños que escuchaban atentamente una historia que el niño jefe les narraba. "Y eso fue todo lo que necesitaba", decía Primo con orgullo. Y en seguida, colocó algo sobre el piso. "¡Miren cómo funciona... trabaja tan bien como si estuviera nuevo!".

Los niños más pequeños empezaron a exclamar *oooh* y *aaah*. Pepe respiró profundo para calmar sus nervios y llamó: "¡Primo!". Pero nadie lo escuchó.

Pepe caminó unos pasos para llegar cerca del niño jefe, y finalmente vio la razón por la

que los niños estaban tan emocionados: un carrito de cuerda que se movía en círculos sobre el piso.

Primo continuó su historia. "Lo encontré en la basura y lo arreglé yo mismo; sólo necesita una capa de pintura".

Pepe vio el coche de juguete y encontró el coraje para tratar de nuevo. En esta ocasión prácticamente gritó: "¡PRIMO!".

Todos los niños voltearon a ver quién se atrevía a interrumpir la historia del niño jefe. Primo entrecerró sus ojos y escupió en el piso.

"Bien, bien, bien. Si es el señor Pepe. ¡Les dije que regresaría!". Primo se mofó y alguno de los niños grandes se rió.

Pepe abrió su boca para hablar, pero ninguna de las palabras que quería pronunciar salió de su boca. Apretada muy fuerte en su puño, la pequeña parte de metal lastimaba su mano. Pepe abrió su mano y dio un paso hacia el niño jefe. "Yo... yo necesito tu ayuda, Primo".

Las flamas saltaban y tronaban, reflejando sombras sobre la cara de Primo. "¿Por qué habría yo de ayudarte?", preguntó.

Pepe miró la pequeña pieza de metal retorcida. "Tengo una amiga... que ha sido muy amable conmigo, y quiero arreglar su máquina de coser para agradecerle el favor".

"¿Una máquina de coser? ¿Y yo qué tengo que ver con eso?".

Algunos de los demás niños se rieron disimuladamente, pero Primo no se rió o burló. Sus ojos miraron la pequeña pieza de metal que sostenía Pepe en su mano. Primo enderezó su silla y se inclinó hacia adelante.

"Tú sabes mejor que nadie sobre cómo arreglar cosas de metal", dijo Pepe. "Pensé que quizá tú me podrías ayudar a arreglar la pieza que se rompió".

Los otros niños miraron a Primo para ver cómo reaccionaba. Sus ojos estaban clavados en el trozo de metal que sostenía Pepe en la mano.

Por un momento nadie habló. Entonces, Primo dijo: "Dámela".

Pepe se acercó rápidamente y ofreció la pieza rota a Primo. El niño mayor la tomó, le dio la vuelta y la observó cerca del fuego. "¿Cómo era antes de romperse?".

Pepe trató de describir la parte lo mejor que pudo, pero Primo sacudió su cabeza. "Tengo que ver toda la máquina".

Primo se levantó y los otros niños se hicieron hacia atrás para dejarlo pasar. "Vamos", dijo Primo, con la pieza de metal apretada con fuerza en *su* puño.

La boca de Pepe se abrió completamente. "¿Vamos?".

Primo caminó alrededor de la fogata y se paró enfrente de Pepe. "Yo tengo que ver esa máquina", le explicó con su voz que sonaba ronca, pero no grosera.

Pepe vio a los otros niños acercarse alrededor de la fogata. ¿Qué tal si ellos lo seguían a la casa de la señora? Pepe miró la cara manchada de tierra de Primo. ¿Podía confiar en un niño que robaba todos los días para sobrevivir?

De pronto, el pequeño Melky se acercó. "Yo sé donde es la casa, Primo. Yo te puedo llevar hasta ahí".

Primo dio un vistazo al pequeño niño y juguetonamente despeinó su pelo. "Muy bien, hijo. Tú me guías y yo te sigo".

Melky sonrió y se fue saltando, orgulloso de poder ayudar a su héroe. Primo comenzó a caminar, entonces se dio la vuelta, miró a Pepe y le preguntó: "¿Vienes o qué?".

Pepe supo que no tenía otra opción. Tenía que confiar en Primo. Pepe asintió y corrió para alcanzar a los otros niños.

8.

Cuando los niños llegaron a la casa de la señora, Pepe se detuvo enfrente de la reja. "Por favor, les dijo, ¡deben prometerme que aquí no van a tocar nada!".

"¿Qué?". Primo frunció el ceño y trató de empujar a Pepe hacia un lado, pero Pepe no se movió.

"Por favor", rogó Pepe. "La casa de la señora está llena de... cosas especiales".

"¿Qué clase de cosas especiales?", preguntó Primo.

Pepe miró a Melky, cuyos ojos brillaban

con su secreto compartido. "¡La señora hace muñecas!", soltó Melky abruptamente.

Pepe suspiró, sabiendo que era el riesgo que debía tomar. "Entren".

Pepe guió a los dos niños hacia arriba, atrás de las escaleras, hasta el cuarto de costura de la señora. Tan pronto como las luces se prendieron, Pepe escuchó el grito ahogado de los niños asombrados. Melky danzó alrededor del cuarto, rebosando con alegría. Primo se quedó congelado en el centro del cuarto, con la boca completamente abierta con asombro.

"Por favor", pidió Pepe, "no le digan a los otros niños".

Primo cerró la boca, atenuando el asombro en sus ojos, y se volvió hacia Pepe. "¿Dónde está la máquina de coser?", preguntó con su tono de voz ronca.

Pepe lo guió hacia la mesa donde se encontraba la máquina descompuesta.

"Enséñame dónde se supone que debe ir la parte", ordenó Primo.

Mientras los niños mayores examinaban la máquina descompuesta, Melky se sentó en una banca y dio inicio a una conversación imaginaria con una de las muñecas de tamaño natural. De vez en cuando le decía a Pepe, "¡No estoy tocando nada!" Pero se le hacía difícil tener sus dedos quietos.

Finalmente, Primo pudo entender dónde iba la parte dentro de la máquina. Pepe le dio papel y lápiz, y Primo hizo un dibujo de la forma como tenía que ser la parte. Puso el dibujo y la parte rota en su bolsillo.

"¿Tienes algo para comer?"

Pepe dudó. "¿Tortillas y frijoles?"

Primo asintió, y Pepe dio un vistazo alrededor del cuarto, antes de dirigirse a la cocina. Esperaba que pudiera notar si algo hacía falta cuando regresara al cuarto.

Primo caminó hacia donde se encontraban los rollos de tela que se mantenían recargados sobre la pared. Lanzó una mirada sobre su hombro, en seguida frotó sus dedos sobre su pantalón y tocó la tela blanca de satín. Melky, al ver a su héroe romper las reglas, quitó un velo de la cabeza de uno de los maniquíes ¡y lo puso sobre su propia cabeza!

Cuando Pepe regresó con un plato de comida para sus visitas, ambos niños posaban frente a un espejo. Primo tenía un pedazo de seda sin procesar alrededor de su esbelto cuerpo. Melky sostenía en sus

manos un ramo de flores secas, con el velo arrastrando sobre su espalda como si fuera una melena.

Pepe abrió la boca para protestar, pero recordó cómo se había sentido él cuando descubrió por primera vez el cuarto de costura de la señora. Pepe puso la comida sobre la mesa y se dirigió hacia donde estaban los dos niños.

"Lo estás usando mal", le dijo a Melky después de enderezar la tiara y arreglar el velo alrededor de los estrechos hombros del niño. Melky vio su reflejo en el espejo y sonrió alegremente como una novia.

Con mucho cuidado, Primo regresó a su lugar la pieza de seda que se había enrollado en el cuerpo. No miró a Pepe, pero en un suave murmullo dijo: "Lo siento".

Pepe se dirigió hacia el ropero y tomó una chamarra sin terminar. "Ponte esta", le dijo, extendiéndola hacia Primo.

El niño mayor se sonrojó, después extendió su temblorosa mano. Pero Primo no se puso la chamarra de inmediato. En lugar de eso, trazó con sus dedos todas las puntadas, y suavemente tocó los brillantes botones de metal.

"Yo mismo cosí esa pieza", le dijo Pepe con orgullo.

"¿Tú hiciste esto?", preguntó Primo con asombro.

"Yo ayudé", dijo Pepe. "La señora me enseñó cómo cortar cada una de las piezas, y luego me dejo coser algunas de las costuras en su máquina de coser".

Pepe dio un vistazo a la máquina

descompuesta. "Bueno...".

Primo sonrió. "Tú rompiste la pieza, ¿no es así?".

Tímidamente, Pepe asintió con la cabeza: ¡Después, los tres niños empezaron a reír!

Pepe tomó la chamarra y la extendió para que Primo se la pudiera poner. Después, tomó del perchero una capa de satín azul, y empezó a pavonearse por todo alrededor del cuarto, como si fuera un matador. Melky comenzó a embestir a Pepe como si él a su vez fuera un toro. ¡Primo encontró entonces un pedazo de satín rojo y se unió a los otros niños para divertirse!

Después de un rato, los niños se cansaron y detuvieron su juego para comer lo que había preparado Pepe.

"¿De verdad vives aquí?", preguntó

Melky con envidia.

Pepe asintió y mostró a los niños dónde dormía por las noches. "La señora Beatriz ha sido muy buena conmigo".

Pepe se dirigió entonces a Primo. "¿De verdad crees que puedas arreglar su máquina de coser?".

Con mucho cuidado, Primo se quitó la fina chamarra, y la colgó dentro del ropero. "Trataré", le dijo a Pepe. "Pero primero tengo que ir a traer mis herramientas".

"¡Yo te las voy a traer!", gritó Melky. El pequeño niño salió corriendo por la puerta del cuarto de costura, y cuando iba a la mitad de las escaleras ¡se dio cuenta que aún tenía la tiara y el velo!

Los niños trabajaron hasta tarde en la noche. Melky trató de quedarse despierto para hacerles compañía a los niños grandes, pero eventualmente se quedó dormido sobre una de las muñecas grandes. Pepe cargó al niño pequeño hasta su cuarto y lo acostó en la cama. Después frotó sus ojos y se dirigió a la cocina para preparar algo de café.

Primo estaba cansado, pero decidido. Utilizó sus herramientas y pedazos de metal para hacer tres diferentes piezas de reemplazo. La primera se rompió al girar la rueda que se movía dentro de la máquina de coser. La segunda fue expulsada de la máquina y salió volando atravesando el cuarto, alojándose en la pared. ¡Pero la tercera parte quedó perfectamente en la máquina! Pepe giró la manija, presionó el metal, y la máquina de coser zumbó alegremente.

"¡Lo hiciste! ¡Arreglaste la máquina de la

señora!".

Pepe quiso abrazar a Primo, pero en lugar de eso le extendió la mano. Primo la sacudió efusivamente y sonrió.

"Sabía que podía hacerlo", se dijo a sí mismo. "¡Sabía que podía!".

Estaba por amanecer. Los niños terminaron su café y hablaron en voz baja sobre lo que esperaban para el futuro.

"Tú puedes ser un sastre", dijo Primo. "Si yo fuera rico, ¡te contrataría para que me hicieras toda mi ropa!".

Pepe sonrió y se preguntó si le podría decir a Primo la verdad. Aquí, en el cuarto de costura de la señora, el niño jefe no parecía tan duro. En una voz muy queda Pepe dijo: "Cuando crezca, quiero hacer muñecas".

Primo parpadeó, pero no dijo nada al

principio. Después, sus ojos brillaron y murmuró con entusiasmo. "Hay muñecas que hablan, ¿sabías eso?".

Pepe estaba muy asombrado para poder hablar, así que Primo continuó. "Una vez vi una en la tienda. Esa muñeca tenía ojos que se abrían y cerraban, ¡y podía decir 'mamá'!". Primo observó sus manos. "Apuesto a que yo puedo hacer una muñeca que hable, ¡incluso hasta una muñeca que camine!".

Pepe asintió con entusiasmo. "¡Estoy seguro que puedes hacer eso! Tú arreglaste ese carrito de cuerda, y la máquina de coser de la señora. Quizá podríamos tener nuestra propia fábrica como el señor Raúl. Pero no seríamos malos con nuestros trabajadores. ¡Y no haríamos muñecas baratas y feas!".

Primo sonrió, pero sus ojos estaban

oscuros y serios. "Si alguna vez llego a ser dueño de una fábrica, le pediré a todos los niños de la calle a que vengan a trabajar conmigo. Y construiré una casa con suficientes camas para cada uno".

"Entonces nadie tendría que dormir nunca más debajo del puente", dijo Pepe en un murmullo.

Primo y Pepe se dieron cuenta de que tenían mucho para discutir, pero no mucho tiempo después, ambos se quedaron dormidos con sus cabezas sobre la mesa. Los niños estaban durmiendo tan ruidosamente, que no escucharon a la señora Beatriz subiendo por las escaleras de atrás.

9.

“¿Pepe?”.

La señora se detuvo en el corredor, revisando su cuarto de costura con ojos cautelosos.

Primo despertó primero, vio a la señora y saltó de la mesa. Llamó a Melky para levantarse de inmediato.

Pepe se despertó lentamente. Su cuello estaba tenso por haber dormido sobre la mesa. Cuando sus ojos finalmente identificaron a la señora Beatriz, Pepe se puso de pie de inmediato.

"¡Señora, ya regresó!".

"Sí, Pepe, ya regresé", dijo ella con el ceño fruncido.

En ese momento, Melky trastabilló en el cuarto, frotando sus ojos con sueño. "¿Es hora de desayunar?", preguntó bostezando.

Primo tiró del brazo de Melky y trató de llevarlo hacia la puerta, pero la señora estaba bloqueando el camino.

El corazón de Pepe se agitó en su pecho. Sabía perfectamente que la señora Beatriz estaba disgustada. "Señora, ellos son mis amigos, Melky y Primo".

Los ojos de la señora barrieron a los dos niños de la calle. No se molestó en esconder su desprecio hacia sus ropas sucias.

"¿Me parece que tenías una fiestecita mientras yo no estaba?", preguntó la señora con una voz muy severa.

"¡Por supuesto que no, señora! ¡Yo nunca haría eso!, gritó Pepe.

Primo puso su mano sobre el hombro de Melky y lo empujo hacia la puerta. Pero la señora Beatriz los detuvo con la mano.

"No tan rápido, ustedes dos. Pepe, ¡te exijo qué me digas ahora mismo que ha estado pasando aquí!".

Pepe trató con todas sus fuerzas de no llorar. Sabía que había decepcionado a la señora, pero esperaba desesperadamente que lo perdonara una vez que le dijera la verdad. Pepe tomó una profunda respiración y empezó.

"Después de que usted se fue, hice la bastilla a los pantalones, como usted me ordenó, señora. Pero entonces quería hacer más, así que yo... yo empecé a trabajar en el vestido de novia que usted dejó sobre la máquina de coser". Pepe bajó sus ojos avergonzado.

"¿Usaste mi máquina de coser?", preguntó la señora Beatriz.

"Sí señora, y... Lo siento mucho, pero... ¡la descompuse!".

Los ojos de la señora parpadearon con furia. Pepe se apresuró a terminar la historia. "Pero Primo es bueno para arreglar las cosas, así que lo traje aquí y él arregló su máquina de coser, señora. ¡De verdad, funciona como nueva!".

La señora frunció el ceño y se dirigió a Primo. "¿Es verdad eso?".

Primo encogió los hombros y miró fijamente al piso. "Pruebe y véalo", murmuró nerviosamente.

La señora Beatriz se sentó frente a la máquina y puso un pedazo de tela debajo de la aguja. Con mucho cuidado empezó a girar la rueda y observó con asombro cómo la máquina zumbaba con alegría.

La señora volteó a ver a Pepe y dijo: "Dame ese vestido".

El vestido de novia estaba más cerca de Melky, así que fue él quien cuidadosamente se lo pasó a la señora. Ella miró al niño a la cara y le dijo: "Gracias, niño".

La señora Beatriz dispuso el vestido en la máquina y terminó la costura que Pepe había iniciado la noche anterior. Para su sorpresa, la máquina de coser no se trabó o atascó. ¡Sino que funcionó perfectamente!

"Mi máquina no había trabajado así en

muchos años", dijo la señora Beatriz.

Primo aún no se atrevía a mirar hacia arriba. En lugar de eso, sonrió orgullosamente hacia el piso.

"¿Cuánto te debo?", le preguntó la señora al niño.

Primo sacudió su cabeza y finalmente miró a la señora Beatriz. "No me debe nada, señora", dijo humildemente. "Yo arreglé su máquina como un favor para mi amigo". Primo miró a Pepe, y ambos niños sonrieron tímidamente.

"Bueno, Pepe", le dijo la señora parándose de la máquina de coser. "¿Ya desayunaron tus amigos?".

"No, señora", dijo Pepe.

"¡Entonces, tenemos que darle de comer a nuestros invitados! Vayan a lavarse, les dijo la señora mientras ella se dirigía a la cocina.

Pepe sonrió y llevó a los otros niños hacia afuera.

"Me alegra que la señora no se haya enojado con nosotros", dijo Melky mientras se salpicaba agua en la cara.

"Yo también", dijo Pepe. "¡Temía que nos fuera a correr a todos a la calle!".

"La señora es una mujer amable", dijo Primo solemnemente. Los otros niños asintieron en acuerdo, y luego volvieron adentro.

No tardo mucho para que estuviera listo sobre la mesa un caliente y apetitoso desayuno. Había pasado mucho tiempo desde que Primo y Melky tuvieron un desayuno tan delicioso, y ellos comieron hasta la última migaja de sus platos. Al terminar, mientras Pepe lavaba los platos, la señora Beatriz tomaba medidas a Primo y Melky para hacerles ropa nueva.

"¿Me puede hacer un velo también?", preguntó Melky.

Primo golpeó suavemente la parte posterior de la cabeza de Melky, pero la señora sólo se rió.

"¿Planeas casarte, niño?", preguntó la señora Beatriz. Melky sacudió su cabeza. "Entonces, yo pienso que, por ahora, un par de pantalones y una camisa son más prácticos".

"¿Puedo elegir los colores?", preguntó Melky.

Primo estaba a punto de golpearle de nuevo la cabeza, cuando la señora los sorprendió guiándolos hacia la pared de telas. Ella movió los rollos de satín y de seda a un lado y sacó varios rollos de suave algodón. "¿Les gusta alguno de estos?".

Después de que Primo y Melky eligieron sus telas, Pepe ayudó a la señora a hacer la nueva ropa para sus nuevos amigos. Mientras esperaba, Melky jugó con su muñeca favorita, pero Primo se dedicó a observar alrededor del cuarto para encontrar algo más qué hacer. Finalmente, se dirigió al cuarto de Pepe y observó de cerca la mesa de tres patas.

Primo se paró en el pasillo y aclaró su garganta. "Señora". El zumbido de la máquina era muy fuerte, así que Primo tuvo que tratar de nuevo. "¿Señora?".

Esta vez, la señora Beatriz levantó la mirada para verlo. "¿Sí, Primo?".

Primo tosió un poco para aclarar su garganta. "Puedo arreglar su mesa... si usted desea".

Las cejas de la señora se elevaron. "¿Puedes hacerlo? La pata que se rompió está en el almacén de la parte de atrás. También debe haber ahí un martillo".

"Yo tengo mis propias herramientas", dijo Primo antes de dirigirse rápidamente afuera. La señora y Pepe retomaron la costura. Melky siguió hablando con la muñeca tamaño real. Y Primo regresó adentro, listo para arreglar la mesa rota.

Por un rato, la casa estaba llena de ruido: el zumbido constante de la máquina de coser, el ruidoso golpeo del martillo de Primo, y, por supuesto, la interminable conversación de Melky. La señora sonrió mientras miraba alrededor del cuarto, el cual nunca antes había estado tan lleno.

"Hacemos un buen equipo", pensó para sí la señora Beatriz.

10.

Por mucho tiempo, el señor Pepe quedó en silencio, sin decir nada, manteniendo sus ojos enfocado en el vestido que tomaba forma en sus manos. Aunque no se movía ni una pulgada, el anciano parecía estar muy lejos. Max se retorció incómodo. Tenía que saber qué pasó después.

Finalmente, Max aclaró su voz para llamar la atención del señor Pepe. "Entonces, ¿qué pasó? ¿La señora Beatriz los adoptó a todos ustedes?".

El señor Pepe no levantó la vista. En

una voz muy baja contestó: "Se puede decir que sí".

Max esperó para que el señor Pepe continuara, pero el anciano parecía como si no tuviera más qué decir. Afuera, una ambulancia pasó rápido por la tienda y la ruidosa sirena pareció revivir al señor Pepe.

"¿Qué te puedo decir, Max? No hay palabras para describir lo felices que fueron esos días para mí. Por casi un año, fuimos como una familia".

"Entonces, ¿Primo y Melky se quedaron?".

El seños Pepe asintió. "Al siguiente día, la señora Beatriz trajo a mi cuarto una pequeña cuna. Ahí es sonde Melky dormía".

"¿Y Primo?" Max tenía que admitir que Primo era su favorito.

Primo quiso construir su propia cama, así que la señora le trajo algo de madera y yo y ella le cosimos un colchón mientras Primo cortaba y martillaba por otro lado. ¡Él podía construir lo que fuera! El almacén exterior de atrás se convirtió en el taller de Primo. Él dormía ahí, aunque muchas veces se quedaba despierto hasta tarde, trabajando en sus ideas. Fue Primo quien nos sugirió que pusiéramos joyería en las muñecas".

"¿Y qué fue lo que pasó con Melky?", quiso saber Max. "¿Le enseñó la señora cómo hacer muñecas?".

El señor Pepe sacudió su cabeza. "La señora Beatriz envió a Melky a la escuela, pero también ayudaba a limpiar la tienda cuando terminaba las clases. Y en las noches, Melky nos enseñaba a Primo y a mí todo lo que aprendía en la escuela. Él llegó a estudiar en la universidad de la capital, y ahora da clases ahí".

"¿El pequeño Melky es un profesor?", preguntó Max con sorpresa.

El señor Pepe sonrió con orgullo. "Sí, ¡el pequeño Melky es ahora un hombre! Pero por dentro es todavía un niño pequeño".

"¿Y qué hizo Primo? ¿Qué pasó con él?", preguntó Max.

"Primo fue fiel a su palabra. Cuando creció, abrió su propia fábrica y les enseñó a muchos niños de la calle cómo construir juguetes mecánicos. Ahora tiene tres fábricas. Y también ayudó a construir un orfanato. Antes de morir, la señora Beatriz donó sus ahorros a la nueva casa para niños".

Max estaba encantado. "¡Así que nadie

más tuvo que dormir debajo del puente!".

El señor Pepe suspiró profundo. En una voz triste y solemne dijo: "Desearía que eso fuera así, Max. Pero aún ahora hay muchos niños cuya única casa es la calle".

Decepcionado, Max se desplomó en su asiento. Vio al señor Pepe. "¿Está contento de haber venido a Nueva York?".

El señor Pepe parpadeó muy rápido, pero no vio a Max. "Cuando mi tío Carlos vino por mí, sentí que mi corazón se partía en dos. Yo no quería ir a Estados Unidos, y lloraba todas las noches cuando llegué por vez primera a Nueva York. Mi tío era un hombre severo, y yo extrañaba terriblemente a mis amigos de Honduras. Cuando fui a la escuela, los otros niños se burlaban de mí. Fue un tiempo muy difícil".

Max frunció el ceño. "¿Los niños de la escuela se burlaban de usted porque fabricaba muñecas?".

"No, no", dijo el señor Pepe. "Me molestaban porque no podía hablar inglés. Y luego, tan pronto como pude aprender inglés, mi tío me sacó de la escuela y me consiguió un trabajo".

"¿Haciendo muñecas?".

El señor Pepe dio una repentina risa aguda. "¡Ojalá!" Mi tío se enfurecía si me atrevía tan solo a *mirar* una muñeca. Decía que su trabajo era hacer un hombre de mí".

Max había escuchado antes a algún adulto decir eso. "¿Qué significa eso?", preguntó al señor Pepe.

"Par mi tío, quería decir que no podía seguir pensando o actuando como un niño.

Que tenía que ser fuerte, y que no tenía que ser tratado con ternura, como había sido tratado por la señora Beatriz".

El señor Pepe suspiró. "Aprendí a esconder mis sentimientos de él, y guardé mis sueños para mí mismo. Él hacía entregas y yo lo acompañaba en su ruta, levantando cajas pesadas hacia adentro y hacia afuera de la camioneta. Yo pretendía ser el joven macho que él quería que yo fuera".

Max observó alrededor de la tienda llena de cosas bellas, delicadas, y trató de imaginar al señor Pepe guardando todos sus sueños y esperanzas encerrados en su corazón.

"¿Cambió de parecer su tío? Debió ser así, puesto que usted terminó convirtiéndose en fabricante de muñecas, después de todo", concluyó Max.

El señor Pepe rió suavemente, y terminó por hacer a un lado el vestido en el que estaba trabajando. “Mi tío se enamoró y se comprometió con una mujer maravillosa”, le dijo a Max.

“María venía algunas veces a nuestro pequeño departamento, y ella lo arreglaba y nos cocinaba los más deliciosos platillos. Cuando ella estaba, yo podía ser yo mismo. No tenía que pretender ser alguien más”.

“Un día, María trajo una revista llena de fotos de vestidos de novia. Ella me mostró el vestido que quería vestir para su boda”. El señor Pepe sonrió cariñosamente con el recuerdo. “Le dije que yo podía hacerlo como un regalo de bodas para ella”.

Max se inclinó hacia adelante con impaciencia. “¿Qué dijo ella?”.

"Al principio, no me creyó. No la podía culpar, había actuado como una persona distinta desde que llegué a Nueva York. Pero luego le dije sobre la señora Beatriz y la tienda de muñecas allá en casa. Le dije que sabía hacer ropa elegante para muñecas y también para adultos".

"¿Y luego le creyó?", preguntó Max.

"Quería creerme, pero yo sabía que necesitaba una prueba. Así que fui a la zona de vestidos, donde mi tío y yo hacíamos entregas muy seguido. Compré una yarda de seda blanca, y todo lo que necesitaba para hacer una hermosa muñeca. Hice exactamente el vestido que ella quería. Luego, vestí a la muñeca en el vestido de boda y se lo di a María".

"Apuesto a que le gustó", dijo Max.

El señor Pepe asintió. "¡María me vio como si yo estuviera hecho de oro! Me besó y me dijo que se sentiría honrada si yo hacía el vestido de novia para ella".

Una sonrisa cubrió la cara del señor Pepe. "Y luego ella fue con mi tío Carlos. ¡Ay, dios mío! ¡Cómo puedes desviar al niño de su verdadero talento! ¡Él podría ser un sastre fino, no un trabajador de entregas!".

"Mi tío estaba muy molesto. 'No es apropiado', dijo, '¡que un hombre haga esas cosas!".

El señor Pepe se rió ruidosamente. "¡María estaba furiosa! Y dijo, 'Carlos, mi padre es cocinero en un restaurante. ¿No es ese un trabajo propio para que lo haga un hombre?'. Mi pobre tío no sabía qué decir".

El señor Pepe se rió de nuevo y luego

se puso serio. "Pero era un buen hombre. María lo ayudó a abrir los ojos, y luego él me vio por lo que realmente yo era, y no por lo que él quería que yo fuera".

El señor Pepe tomó de nuevo el vestido y empezó a coser de nuevo. "Fueron mi tío Carlos y mi tía María los que me prestaron el dinero que necesitaba para abrir mi propia tienda. Y cuando me casé, mi adorada Esperanza vino y convirtió mi pequeña tienda en una hermosa boutique". El señor Pepe observó la fotografía que colgaba de la pared.

Max vio también la foto. "¿Tiene algún hijo?", preguntó.

El señor Pepe sacudió la cabeza y luego asintió a todas las adorables muñecas. "Estos son nuestros hijos". Cosió en silencio por un momento, luego se quitó los lentes y frotó sus ojos.

“Se está haciendo tarde, Max. Será mejor que te vayas a casa. Este anciano necesita parar por el día de hoy”. El señor Pepe se levantó con un quejido. Su mano presionaba toda su espalda adolorida.

Max se levantó de la silla también y se llevó la mochila hasta los hombros. “Quizá es necesario que usted se consiga un aprendiz”, sugirió Max. “Alguien que le ayude a ir de aquí hacia allá por toda la tienda”.

El señor Pepe asintió seriamente. “Definitivamente, me puede servir de mucho otro par de manos, además, mi vista ya no es tan buena como solía ser”. En seguida suspiró. “Ah, pero los niños de hoy en día, ellos no quieren hacer las cosas con sus manos. Ellos sólo se quieren sentar frente a la computadora y entretenerse con video juegos todo el día".

Max frunció el ceño. "¡Eso no es verdad! No todos los chicos somos así!", insistió.

"¿No?", preguntó el señor Pepe inocentemente. "¿Sabes tú dónde podría encontrar un aprendiz?".

Max se apoyó en uno y otro pie. Observó por toda la boutique todos los adorables vestidos y muñecas. "A mí... a mí no me molestaría aprender a coser", dijo Max en voz baja.

El señor Pepe sonrió amablemente y dijo. "Si vienes mañana, después de la escuela, te daré tu primera clase de costura".

Max sonrió con regocijo. "¿Me puede enseñar también cómo hacer joyería para

muñecas?".

El señor Pepe asintió y acompañó a Max hasta la puerta. "Fue Primo quien me enseñó cómo trabajar con meta. Una vez incluso él hizo un par de aretes para la señora Beatriz. Primo podía hacer hermosos objetos casi de cualquier material: madera, oro, ¡o una vieja hoja de lata!".

Max puso su mano sobre la manija, luego volteó a ver al señor Pepe. "Todavía lo extraña, ¿verdad?".

"Él era como un hermano para mí", dijo el señor Pepe con una mezcla de tristeza y orgullo. "Pero aún nos mantenemos en contacto. Quizá esta noche le escriba una carta a Primo, ¡para decirle que finalmente he encontrado un aprendiz!".

La campana sonó mientras Max abría la

puerta. Todos en la calle podían verlo, pero a Max no le importó. "¡Hasta mañana!", dijo, mientras salía de la tienda.

"Hasta mañana", le contestó el señor Pepe antes de cerrar la puerta y de bajar las persianas.

No es vergonzoso hacer algo hermoso con tus manos. Max repetía las palabras del señor Pepe una y otra vez en su cabeza, mientras caminaba a casa vistiendo una sonrisa.

FIN

AGRADECIMENTOS

Deseo agradecer a toda la gente que me ha ayudado con esta historia. Mi padre rara vez hablaba de su infancia en El Caribe, pero alguna vez me dijo acerca de los juguetes que solía hacer con materiales reciclables: latas y tendederos. Mi padre nunca fue un gran lector, pero me gusta pensar que yo heredé algo de su creatividad. Cuando vi por primera vez las hermosas muñecas de Cozbi Cabrera, me quedé fascinado, y su encantadora boutique sirvió de inspiración para esta historia. Mayra Lazara Dole fue una de mis primeras lectoras, en 2009, y Vilma Alvarez-Steenwerth compartió también generosamente su experiencia. Cuando publiqué por primera vez los capítulos del libro en mi blog, recibí estímulo de blogueros, bibliotecarios y educadores. Para mí significó mucho saber que mi relato fue bien recibido por ellos, ¡y espero que los lectores jóvenes también disfruten esta historia!

ACERCA DE LA AUTORA

Nacida en Canadá, Zetta Elliot se mudó a Estados Unidos, en 1994. Sus libros para lectores jóvenes incluyen el galardonado libro gráfico *Bird, The Boy in the Bubble, Room in My Heart*, y *The Phoenix on Barkley Street.* Vive en Brooklyn y le gustan los pájaros, la brillantina, y otras cosas mágicas.

Para conocer más visita
www.zettaelliott.com

Made in the USA
Middletown, DE
17 April 2022